言葉の鏡

菊池一喜

言葉の鏡

菊池一喜

言葉の鏡

E.　D.　N.

I.　C.　M.

P.　S.　S.　R.

Ⅰ　言葉が私を写さば

起きろ

夜空を裂き　彩り美しく朝日が昇る
私は今どこでなにをしている
日の耀きが空の真中を通りゆく
私は今どこでなにをしている
夜の星が一つ空に光り　日は沈む
私は今どこでなにをしている

唯

唯　唯　唯
誰も知らない私がいる
唯　唯　唯
誰にも知られたくない私

誰かが私を見れば
まず私とはわからない私
私にしかわからない私
私にしかわかってもらいたくない私
私にしか気がつかない私

他の誰にもわからない私
唯　唯　唯
誰にも知られたくない私がいる
唯　唯　唯
他の誰にも気づかない私
私だけの私がいる

絶　対

誰も知らない秘密の世界　「私」
誰の中にも浮かび　誰の中でも見えない
唯　唯　神秘の中に隠されている　「私」
最も神に近い至聖の奥　「私」
白い闇の時間宇宙で一人
光の浸透である空間宇宙で自身を築き
美の最速の思考世界に法則を極める
人間として生きる中にしかいない　「私」
時空間の滲む耀きに生きる　「私」
特別な静寂であり　絶海孤独　「私」

誰でもあり　たった一人「私」

鏡

私が話した言葉が
私の心の鏡となって私を写す
美しい思いで話した言葉も
何かを忘れているように見える
誰かを思いやれなかった姿に写る
醜い言葉を遣《つか》った時は
私の姿が悪しき者となっている
なぜなのか　何の為に　誰の為に
それでも言葉は私であり
私が話す言葉は私を表わす

〈言葉は私の鏡　私が言葉の鏡〉

青

深い人の奥底に魂が浸たれば
目には見えない色が表われ
心の彩りが　静けさの中で滲《にじ》む
深い　深い青い色の中へ
前もなければ　後ろもなく
右もなければ　左もなく
上もなければ　下もない
唯　唯　深い青が黒に近く続いている
ずうっと昔から　ずうっとこれからも
心の奥の魂は深みの中にいる

言葉の響きを霊《れい》として貫かせて

星らは

御空《みそら》に耀く星らの数は
超えて　超えて　超えている
数えきれないその数は
眩い煌めきでこの地《つち》を包んでいる
我らの思いをその美しさで育み
健やかな営みを夜の眠りで導き
昼の志に閃きを与えてくれる
この千代の耀きは　この世のときめき
静かに貫く泉が湧き出るように
心の奥の魂と一つになる

夜

夜は　星らが数を超えて煌めく
その煌めく耀きは闇より出で　空を築く
光が透き通りあい　物を照らす
塵が浮き光を遮れば　そこには色が滲む
目には見えない色合いさえも限りなく変わり
影と影との間を瞬く速さで走り回る
この煌めきの渦が息を送りあい
吸い込み　吹きあう中で海を生む
夜は　星らが数を超えて生む　空の海

蝶

魂の奥のひらめく蝶
煌めく考えの速さの中で
端と端とを美しく繋ぐ
この世とあの世を飛び交い
夢のように運命《さだめ》を生む
ときめきの中に羽撃いて
先の姿を昔に観れば
魂に息吹きを与える
永遠《とわ》の中の常盤《ときわ》を織りなす
時の中へと消えそうで

闇と光の間でその羽をはためかす
耀きと彩りの心の空の主《ぬし》

赤い薔薇

心に浮かぶ薔薇《ばら》の花の色は赤
他にもきれいな花の色はあるのに
なぜか美しいと思う薔薇は赤
七つの赤い薔薇の花は
七つの星が生きて燃える色
今も昔も　昔も今も　先も今を貫いて
生きる血潮が燃える色
あなたの御心《みこころ》が我ら人の童の心に耀いて
あなたの御手《みて》の七つの星のように
七つの赤い薔薇の花が美しく咲く

私の中で

私を見つめる時
私の中に鏡が現われ
その中に罪に汚れた私が写る
耐えがたい己の姿に驚き
美しさとは程遠い醜さが極立つ
美しさに向かっていたことを忘れさせるかのように
醜い私が私であることが
果てしなく歩んできた道を思い起こし
私の知らなかった　私ではない昔の私が現われる
何が何の為に　何を先へと結ぶのか

私の歩んできた深い足跡《あしあと》が現われ
私の進むべき道の舵を切る
私の中の知らなかった私
私の中で何かを知るべき今の私
私を超えた誰かが道を示す
償う罪を重くも軽くもして
私の中で　もう一人の私が生きている

法の中で

七つの星らが生きる道
七つの星らの息の道
七つの星らには神が生き
七つの星らの進みの中で　息をする
七つの星らの命によって我らは生まれた
七つの星らの命と共に生き　死に
七つの星らの命の中に目覚める
この地という星の上で
天《あめ》の中で青く浮かぶ星の上で
七つの星らの神の生きる中で

皆

誰も知らない心の奥に
誰もが知るべく魂が宿る
この地の上に生きる人　皆が言える
私が目覚ます魂が生きる
目には見えない　触わることもできない
唯　耳を澄ますように感じられる
互いに響きを聴きとるように
魂は魂を　一人ひとりを聴く
私が私であるように　あなたもあなたと

いつまでも

時の闇は　空の星らを呑み消す
空の光は星らを生み　命を息吹く
天地《あめつち》はこうして間に生きる者らを育む
神の愛が言葉となってこの世を築けば
我ら人はこの地の上を立ち歩き　木霊となる
己の中に我という己に目覚めて
悪の試みを神の思いで退けて
この世の運命を　これらの法の中で貫いて
今という常盤を死ぬまで生きて

己

私の瞳の奥に私がいる
私の瞳は鏡として私の心を写す
真直な美しさも　歪んだ醜さも
神のような尊さも　悪のような違いも
私は瞳の奥の私を悟る
私の強さも弱さも纏めて
御使《みつか》いが示す私の姿を見つめて

雷

雷は　雲の中を端から端まで巡り
雲に光の筋を行き渡らせる
雲の中の闇を打ち消すかのように

雷は　地の上に瞬く速さで落ち
その力は石を砕き　木々を切り裂き　火を放つ
稲妻が走り　眩い光を地の上に齎《もたら》す

雷は　雲の上にも昇る
幾筋かの炎の柱が空に立ち上がり

花を開かせるように赤い炎が散り舞い煌めく
その姿はまるで火の精

雷は　雲を行き交い　下にも上にも耀く
轟きが聳え　その姿を知ら締める
雷は　雲の縦横を貫く空の精

私達と神

私がこの世を生きるのは神が決めた
あなたがここで生きることも神は決めた
私達がこの星の地の上で生きられることも神が決めた
私達はこの世の為に与えられた運命を担って生きている
この星もこの世も　天地は神によって造られた
私達はこの生かされているという神の愛にどう応えられるのか
私達はここでしか生きることができないのだから
私達は今この星の神に向かって「ありがとう」と言いたい

命は尊い

人の命は尊い
何があっても尊い
誰であっても尊い
皆んな　皆んな　皆んなの命
この世に生きる皆んなの命
皆んなの命は皆尊い
あなたの命　私の命　誰かの命
誰でも皆んな　命は尊い

なぜ

誰もが己を私と呼ぶ
誰もが互いをあなたと呼ぶ
誰もが地の上の者を皆と呼ぶ
私もあなたも　皆この地の上にいる

なぜだろう　地の上の人は皆こう
なぜだろう　地の上の命は皆尊い

いつでも私

今日の私　昨日の私　明日の私
君でもない　あなたでもない　誰かではない私
望みの私　諦めの私　特別の私
生きている私　死に向きあう私　尊ぶべき私
閃めく私　ときめく私　煌めきの私
昔の私　今の私　これからの私
神ではない私　獣でもない私　人として生きる私
思いきりの私　私だけの私　私である私
私の私　私が私　私は私

#「あ」

この世で息をし始めた時から
我ら人はこの地の言葉を話している　「あ」
この世に命を得て生まれた時から
この世の初めての言葉を話している　「あ」
息を大きく吸い大きな声で話す　「あ」
この世のときめきを閃きと共に放つ　「あ」
いつか死を迎え「う」の中に到るまで　「あ」
我ら人の生きる命の言葉　「あ」
驚きの言葉　驚きを与える言葉　「あ」

「音」と「意味」

鏡の言葉　鏡の言葉
「意味」と「音」「音」と「意味」
どちらの響きも同じ音
「意味」は「意味」「音」は「音」
「音」の響きも「意味」の響きも　元の響きに返ってくる
「音」の奥には「意味」があり
「意味」が言葉に現われると「音」になる
二つの言葉は表と裏
二つの響きはどちらも鏡の表になる
「意味」と「音」「音」と「意味」

鏡の言葉　鏡の言葉

神の言葉によってこの世は生まれた
人は言葉によって己を表し
言葉は人によって命を宿す
以って　人は言葉を用いてこの世を築く

Ⅱ　クリストゥスに捧ぐ

魂の神

魂に光が射す　クリスタ
魂が導かれる　クリスティ
魂にあなたがいる　クリストゥス
魂はあなたと一つに　クリストゥ
魂があなたの元で　クリステ
魂にあなたが宿されて　クリスト

皆がそれぞれの中で

「私」魂の中で唯一人生きて
「私」この世に立ち　地《つち》という星の元で
「私」あなたの魂の中でも
「私」悪を退ける神を見い出し
「私」魂の裁きより己を立たせ
「私」この世の神の法と一つに
「私」それぞれの魂の中に生き　今を決める

「私」から「私達」

「私」　救い主が我が内に生きて
「あなた」　救い主がなが内に現われて
「私達」　救い主に導びかれて
「彼ら」　救い主の言葉を届けよう
「あなた方」　救い主の愛が届いて
「私達」　救い主がそれぞれを愛し
「私達」　救い主をそれぞれが愛す

僕《しもべ》に

なが慈しみが我が魂を貫く
我はこの世を見つめる
なが苦しみが我が魂に伝わる
我はなが磔を感じる
なが御姿《みすがた》が我が魂に示す
我はなが蘇りに続く

秤

今　秤の棒の下で皿を見上げてうろうろとしている
皿の中には　邪しまな悪がいる
もう一つの皿には　正しき行いが導く
大御使いは黙って　皿の下にいる私を見ている

御使いの鏡の裁きの後
地の上の正しき働きが秤に掛けられる
私は今再び己を見つめよう
この国の言葉が何を担うべきか探し出そう
ずうっと正しき皿の下にいたいから

歩み

静けき響きより　言葉現われ立ち
この世の生命をば闇を超えて生めば
御空に星ら来て耀き地に遂げ
彩り千をはるか超えた衣纏《まと》う

天の姿神の愛の熱が成せば
我らここに集い　神に仕え給い
人らの道築く言葉神が吹けば
現われたる靈《たま》が我らを導かん

乗るが言葉進む時と空の間
この世の姿をば　昔この先決め
この今貫けば　晴れて在れが我ら
生き抜くこの地で神の道を歩む

三つが一つとせす　永遠の神が在らば

なが御園《みその》に

祈りの中に光が灯らば
なれは我が心に語り給わん
光はなが御《み》言葉にあらば
我が言葉はなれを給う
なれは我が心に愛を齎《もたら》し
この世の運命の奥を現わさん
我は深き祈りの元　なれに生くらん
我が心はなれに満たされ
なれは我を導き給わん
なれは神なり　神はなれなり

祈りとはなれとの語らい
祈りはなれへと導き
そしてなれは祈りを導かん
永遠の人の生まれ変わりの運命の元

クリストゥス

なれ水辺に来たり　クリスタ
神を担うべくイエズスはヨハネスの元に
魂の小舟は進みゆく　クリストゥ
なれは神に貫かれ給う
イエホヴァは真中に頭《かしら》に手足に漲る
クリステ　霊なる神が御言葉を語る
なれが　父なる神に愛された子なる神と
なれは地《つち》の三日を我ら人と共にあり
クリスティ　神は人の運命を担う
礫の死がなれを呼びて　クリスト

父なる神はなれに杯を与えぬ
なれど　なれは人の三日目に蘇り給えば
頭と足の座の魚の姿の御使いが語らん
なれ　クリストゥスが死を超え立ちたと
我らはその夜に驚きを以ってなれを拝めば
なれ　救い主の運命に生かされるを悟る

ながに

なが御言葉の愛の光が我らを照らします
我らはこの星　地《つち》の上でなが御言葉をいただきます
それは口には蜜のように甘く　そして香り
腹の中では渋く傷《いた》みのように苦い
こうして我らは御言葉の内でこの世を生きれば
死の門を潜った後もなが愛の中にいます
なが御光《みひかり》が我らを包んでくれます
あなたに再び出会うその時の為に
次のこの世に生きる命を受ける為に
御言葉が我らを貫いて運命を携えますように

磔の日

ながが御手御足《みてみあし》から血が流れる
なが痛み　なが苦しみはこの世の罪
磔の死は我らが己が欲より来たり
なが御脇《みわき》から滴り落ちた血と水
地の上から真中をば貫き給い
なが御姿を貫いて天と地が一つに給う
なが磔より新たな日の耀きがこの世に生まれ
新たな命の光がこの世を照らす
我らはなが磔の御姿を思い
永遠の命の栄をここに観るらん

蘇り

救い主は蘇り給う
我らが己が欲に埋まった礫の死から
痛み苦しむその御姿が地《つち》に刻まれて
我らがあるべく姿へと罪の病を癒すべく
ながが御手　なが御足の釘の跡を残して
槍に刺された　なが御脇の傷跡を残して
九つの位の御使いの上へ下への働きを従えて
岩屋の中より大岩を転がして
救い主　イエズス・クリストゥスは蘇り

クリストゥスの印

あなたの御姿　縦横の印
あなたの生き様　縦横の印
あなたに乗せられた　茨の冠
あなたの御手　あなたの御足
あなたが架かった　縦横の木
あなたが流した　血と水
あなたに物の死を刻んだ　縦横の印
あなたに生み超えを導いた　縦横の印
この星　地《つち》の姿に生まれ変わったあなたの御姿
時の闇の父なる神はあなたをこの地《つち》に送られた

御空の日の耀きに向かってあなたは進む
縦横の印　お前は死の蘇りの神の印
救い主・クリストゥスは縦横の印　日の耀き

卍　—アウム—

あなたの御姿　縦横の印　卍
日の耀きがこの地《つち》を巡るように
この地《つち》の奥底があなたによって耀き始めますように
縦横の印はあなたの御印《みしるし》
あなたが御架《おか》かりになった御印
あなたの御手　御足を釘が貫き
御頭《みかしら》は茨の冠
あなたの御脇には槍が刺さり　血と水が滴り
あなたは　物の死を味わった
そしてその死を超え　蘇り

我らの前に現われて　天へと拡がり
この世の神として御身《おんみ》を在ら締める
あなたはこの地という星
あなたの御上《みうえ》に我らはいます
あなたの足洗いの清めは我らの救い
あなたと共に我らはいます
あなたの愛が我らに宿り　我らはあなたに仕えます
あなたは日の耀きをこの地に齎し
あなたは我らと共にいます
あなたの御印　縦横の印　卍

薔薇の七つ星

七つの星らの空に浮かぶ耀きは
七つの色に変わりながら進む命の姿
あなたの進む足取りには
常に真赤な薔薇の花が煌めく
あなたの血潮が星の体に流れて
あなたの命の為にあなたの体の中に御使いらが遂げる
智が空の道を決め「地《つち》」は星らの中を巡る
動きは巡る空の中で息を遂げる
姿は吸い込み　吐く息の熱に形を送る
あなたに捧げ　あなたを支え　あなたの法を築く

薔薇の花弁《はなびら》の一弁ひとひらに色を染めるように
我らはこの中で地《つち》という星に生きる
地の上に咲く薔薇の花を観てあなたを思う
あなたの営みの中で我らが生かされていることを
あなたの御手に耀く七つの薔薇の星らの中で

ミカエル

静かに黙る大御使いは
我らの地の上の働きを黙って待っている
御手には悪を鎮める剣《つるぎ》と
この世の進みの重さを秤る正しき秤を持ち
語られれば空が揺れる言葉を押さえ
眼差しによって我らを今という時に導いて
我らが心の奥に神を観るのを
我らがこの世の奥に神を聴くのを
我らが悪の試みを克ち超えるのを
地が巡る道の上に赤い鉄の小石を敷いて

我らが進む道を嗅ぎ分けられるように
彼は我らの地の上の働きを待っている
我らが霊に目覚めるのを待っている

Ⅲ　地という星の為に

我ら

光立ちし波の海が耀く時
心の奥貫くが　愛が魂遂ぐ
我ら現われたる神の分けし力
志とすれば生きる道が聳《そび》え

在るが姿天に轟く響きより
地《つち》を真中とせし　遂げる神を識れり
闇の時の元の塵を空の種に
生命《いのち》息吹く火の栄ここに観らん

巡る星ら締める反る彩り着て
千代に数を超える八千代の巖遂ぐ
神に慕い進む生むが安き和成し
神の為に生きて永遠の常盤来たり

我らの言葉は

闇と光の間に言葉が現われ
時と空の間で言葉の命が耀く
この星も神の言葉によって生まれ
命の揺り籠として空に浮き　巡る
我ら人はこの星の土の上に生き　耕やす
我らの糧はこの星から生まれ　消える
なぜ我らはこの星に生かされているのか
いかに我らはこの星の運命とあるべきか
我らは地の上に立ち　歩き　言葉を話す
我らの言葉はこの星の言葉にいかに響いているのだろうか

愛さば

魂が愛を求めてさまよえば
悪の試みをいくつも受け
これを乗り越える中で己を裁く
そして正しき中へと愛を籠《こ》めれば
御使いのやさしさを再び給う
あなたは当たり前と思う命を以って
この命の揺り籠である地《つち》を愛せますか

クリスティ星

なれはこの星　この地《つち》という星
なれは日の耀きの御使い六《むつ》従えて
人の姿をこの星が日を三つ巡る中で給い
地《つち》が三日を数える中で癒しと愛を齎し
正しき道を築くべく死を恐れず
父なる神の御意志に叶う磔の死を遂げ
人が三日を数える中で蘇りを成し遂げ
地《つち》の霊となり　御空の霊となり　天地の神となり
この世の権《はかり》の運命を担い給う
我らは己が罪を御使いの内なる裁きによって清められた後に

なが御姿を魂で感じ　又この世として感ぜば
なれはこの世の奥より天を奏で雅を成すらん
美しき愛がこの世を照らし　星の運命が浮かぶ
なれはこの星　この地という星
なれは霊なる神を従えこの星を導く
我らはなれによって魂に救いを観れば
なれという神を愛し奉らん

使わさらば

我ら人はこの星「地《つち》」の上に立つ
地は多くの星らの中から選ばれ
多くの命の為に己の命を担い
やがて光の星になるべく神を宿す
我らはここでこの星の愛を学び
命を尊び　言葉を話し　この星を愛し奉る
この世の進みがこの星の命とあるべく

今

今　この世の進みを担い
今　この世を築きて進む
今　この世とあの世に入らば
今　人の魂に命を学ばし
今　天地の愛を齎し
今　人の愛を神に帰さば
今　神と人の命の間にこの世の進みを送る
今　永遠の栄の霊に来たる

道

我が魂がなれに向かい給わば　クリスタ
この地の上の己のみの欲はなが愛に満たされん
クリスティ　そが救いはこの地の上に生きる人を
なが御手による導きへと高め　クリストゥ
我はなれと一つにこの世の為の者となり
クリステ　悪は我が魂の試みから退き給う
ここに我が魂はなれを救い主と呼び　クリスト
魂の中になが愛を刻み給わば
常盤の世の地という星の進みと共に
人の世が続き給うべく祈り

我が魂のなが導きによる生まれ変わりを求め
これからの世の為に働くことを誓い給わん
我が言葉の神　クリストゥス

血の言葉

あなたの言葉が血潮となって
私の魂を巡ってゆけば
心はその花の花弁《はなびら》を担い
その一弁ひとひらを赤く染める
真赤な薔薇が一つ咲くかのように
心が命を給わば気を纏い
紅が常盤を永遠へと誘えば
私は言葉を己としてあなたに捧げ
あなたの愛の救いの為に仕え給わん

人としての私

私は人として　この地の上で生かされている
意志の霊が望み　私は地の上の物に宿り
智の霊が命を体に施し　私はここで生き
動きの霊が命の中に念を与え　私は外を知り
姿の霊が感じる中に己を息づかせ　私は考える
この地《つち》という星の上は命の揺り籠
核の霊は人の体に色の違いを担わせ
言葉の霊は人に民の閃きを　今の中へと研ぎ澄まさせ
守りの霊は一人ひとりに己の故を識らせる
この地という星の語らいの　星らの和の中に権の霊はあり

空を築いた時の闇との語らいに　愛の霊は聳える
三つ一つの父なる神は時の中で空を現わさせ
三つ一つの子なる神は空の中で地という星を築き
三つ一つの霊なる神は地の上の世に命を働かせる
子なる神・クリストゥスがこの地の上の世に生きる中で
私は人として神と御使いらの愛を感ぜば
己を愛すが如くこの地の上の世を愛し
これを人の世の進みに伝えるに働き
御使いの下で今という時を導くに仕え
人の互いの命を尊ぶ中に　地の上の世を尊ぶを人々に教える

夜の星らの力

夜の星らは空に小さな光を煌めかせ
人々の眠りの中に命の力を取り戻させる
数えきれない数を超えたその耀きは
昼の日の照らす光の中に隠れ
夜の月の満ちた光の中にも隠れているが
空の果てよりこの地《つち》という星に語りかけ
春と秋とで所を変え　夏と冬とで所を変えて
地の上の北と南に鏡の時を与えて
同じ言葉を　人の魂の中に時を告げる
私達地の上の人は眠りの中で

深い青の中から滲む三っつの土と水と風と火の言葉を
和を成し　生き巡るこの星の営みの調べに乗せて
地の上の姿を　養う力を　御使いらから受ける
空の中の地《つち》という命の揺り籠を担う星
時の闇より愛された　空の光より愛された　星
私達の命の力は夜の数を超えた星らの言葉によって
昼の己を鍛え　互いを尊ぶ愛の力の為に呼び戻される
この地という星の上に　朝目覚める時までに

私達の未来の為に

私達の魂は地球の霊と出会うべし
己の如くこの地球環境を愛すべし
この二百年前から石炭石油の二酸化炭素による地球温暖化が進み
永久凍土が解け始めメタンガスが爆発を起こし
地表が穴となって地中に埋まってゆく
地中からメタンガスが吹き出して温室効果が高まり
これからの数百年で海抜がさらに上がってゆく
北極南極の氷が解け　大地が波によって抉《えぐ》られる
赤道直下の島々が海の中へと消えて無くなり
住み処を失なった難民達が急増

私達が再び輪廻転生《りんねてんしょう》で地上に来た時は
国連の理想の人類愛が難民達に向けられるが
受け入れた国の民族は言葉の違いから諍《いさか》い
他民族の異文化にとまどい差別が横行
残された居住可能地域を奪いあう
今私達は地球環境といかに向きあうのか
地球環境の奥にいる霊は　私達に人類進化を与えてくれた
私達の進化は地球環境と共存ができなければならない
この霊と共に地球の未来を担わなければならない
私達は人類社会と同じ程にこの霊を愛せなければならない
なぜなら　この霊によって私達の自我の進化ができるのだから

「私は真《まこと》のぶどうの木　あなた達は私の小枝」

青と赤い七つの薔薇

青い炎の海が魂の前に現われ
心の中に熱い青が焼きつけば
命は魂の黒い十字架に
赤い七つの薔薇の花を捧げる
その花弁の一弁ひとひらの中に
血潮が淡くそして深く滲み
息が宿って吸い込み吹きあって流れる
あなたが我らの罪を担った磔の印が
我ら人の魂の中で我を悟る者に刻まれて
今我らは青い炎の中で赤い薔薇を担う

あなたの御手の七つの星らの真中で
我らはあなたの運命の中で
我という己を黒い十字架として
あなたが歩む御跡《みあと》の道を進む
そこに花咲く真赤な薔薇の花の星に立ち
あなたに導かれた故を魂に秘め
青い光の霊に　命の赤い七つの薔薇を聴いて

なが四っつ目の薔薇にて

なが御手の七つの星は
真赤な七つの赤い薔薇
遠い昔の星の世から今は四っつ目が咲いている
そしてなが御手にはこれからの三っつがある
それはまだ思いも浮かばない先の世
今咲く紅の薔薇にはなれがいる
なが礫の御姿からなが血潮がここに通う
この地《つち》という星が担った十字架が
我ら己のみを崇《あが》める人の欲の罪を
なれが我らの己の主になったことで

人の進むべき世に救いを齎し
我らの魂はなが黒い十字架をそれぞれが給い
今を咲かせるこの星の薔薇と共に
我らの太初《はじまり》から我らの道の終わりまで
六っつの薔薇をここに添えて
その先もなが足取りと共になろうべく
我らの魂の血潮を薔薇の花に通わせて
我らは霊の道を一歩ずつ前に進む

Ⅳ　地の上で

心の中

私の心の中で赤い薔薇が咲く
私の魂の罪　黒い十字架を彩る為に
その花の一弁ひとひらに血潮が通うかのように
私の命がその尊さを学べるように
私が閃めき煌めきときめく中で
深い静けさの中に光が射す
私はこの七つの薔薇に命を見開く
この星の叢が私の生まれ変わりを決めている中で
この星が担った十字架と蘇りを思い浮かべて
私の心の中で赤い薔薇が咲く

この星の救い主に花をささげる為に

祈りと私

祈りとは　神と私の語りあい
祈りの中で私は小さくなり
祈りの中で望みは大きくなる
御使いは鏡の中に私を写し
神は歩みの中でこの世を進める
祈りとは　私だけの為にはなく
祈りとは　私達皆の為にある
祈りとは　この世が進む為にある

守り

私の守《も》りが私を裁く
私の言葉の中に己を写して
守りの思いが私を導く
私が　神にふさわしくなる為に
なぜ私が人なのか
何の為に生かされている命か
誰の為に地の上で言葉を用いるのか
守りは私をやさしく見つめる
守りは私を厳しく見つめる
今という時に己が磨かれている為に

守りの言葉は唯一つ
「己に目覚め　神にふさわしく」

目覚む

私は私を私と呼び　悪が私を試みた
私は地の上で生かされている

私は運命の嵐の中を海原の小舟のように舵を切る
私は地の上で生かされている

私は魂の奥の私に出会い　そこに御使いを観る
私は地の上で生かされている

青い炎

魂の炎が青く耀く
静けさの上に轟いて
世々の栄の奥底で
常盤を成して聳え立ち
昔も今もこの先も
ずうっと　ずうっと　ずうっと
なが炎が私の魂に灯り
御言葉が闇と光を生み出し
深く　青く　先の向こうを引き寄せて
私という炎を立たせ

なれは私を使わす
私の青い炎の言葉をこの世に使わす

燃えらば

我が魂が青白く燃える
我が血潮が体を巡るように
魂が心の中を青く照らさば
心は花を咲かせる
赤い　真赤な　薔薇の花を
その花弁の一弁ひとひらが
青い光の中で通う血潮の音を響かせ
ゆっくりと弁先を赤に染めては引かし
我が魂の黒い十字架を彩る
我が心に常盤が立たば

尊ぶべき命の炎は青い言葉を担い
誰かの元へと言葉を送り続ける

魂の鎧

魂が鎧《よろい》を纏わなければならない
先を見通す光の冑
相手を写す鏡の胸当て
悪を退ける炎の腕当て臑《すね》当て
そして　これらを司る言葉の剣
私の魂の己を守る為
家の名前を守る為
そして　人々皆の幸せを守る為
私の魂が鎧を纏う
正しき故の義を担う為

この世の進む道を正す為
神の慈しみがこの世を貫く為
言葉は神の命の力
言葉は私の成せし業

青い火

魂が静けさを担わば
深い青い色が滲み
心は硬い鋼のように煌めく
燃える炎は青白く他を包み
それぞれの魂らの中に灯り　拡がる
私の言葉は今この炎の舵を切るべく
青い言葉を魂らの鏡の中に写し
言葉の力を真の己として現わさん

命の一日

命の限りを一日とすると
今日という日の昼を過ごしている
朝明けから真昼　そして夕焼けに向かい
夜になって星らと語らう時には
この世の者ではなく死を迎えている
昨日は前に生きた時を表わし
明日は次に生まれ変わるを指す
故に今日という日の今は
昨日の行いから生み出され
明日という日の常盤を橋渡す

今というこの時は今日という日の証
誰の中でも　今日の夕焼けに向かう中で
明日の夢を築いている
誰の命も皆この一日の中で花を咲かせている

ここで

私は人として地の上を生きる
己が私の中で目覚める

私は男として女を愛す
己は地の上で互いを認める

私は神に仕える者として人を導く
己は神の御元《みもと》で絆を強める

我らとこの世

生きるとは食べること
地の上の世は命を繋ぐ

歩むとは道を築く
地《つち》は星とし道を進む

話すとは己を見開く
地《つち》は空の中の御園を宿す

クリストゥスの中で

魂が私を見開く
人の世がクリストゥスから二十歳《はたち》を迎える
私はこの世を生きる
クリストゥスはこの地の上の世の主
私は地の上で働く
クリストゥスは天地のカルマの世なり

言葉によって

私は言葉の鏡
地の上の世の神は　人を目覚ます
私は言葉の炎
地の上の世の神は　人に互いを教える
私は言葉の糧
地の上の世の神は　人に糧の言葉を施す

亡くなった者達と

私達の命はこの地の上で神によって生かされている
私達は生まれ変わりによって地の上で人の為に働く
たとえ　一人の命が短かく過ぎても
地の上の私達は友という絆を忘れない
君達がまた生まれ変わってこの地の上で働けるまで
私達は地の上の人の世を少しずつ前に進めよう
私達はこうしていつもやってきた
いつかまた　君達と地の上で逢える時が来るだろう
私達が今成す仕事は　君達の明日へと続くだろう
神はこれを私達に望まれている

私の今日の言葉

今日という日の私の言葉は「火」
昨日の私の言葉が己を写した鏡であれば
今私の言葉は人々の魂に触れて
誰かの魂を写し始めたら
私の言葉は火となってその魂に灯され
彼らの魂の中で私は働く
言葉が私であり　私が言葉なりと
私の言葉が私達の魂の私となって
明日という日の私の言葉に向かって
人々の魂の糧となることを目指して

ミカエルの元で

今という時はミカエルの時なり
正しき言葉を担いて進めば
熱によって砕かれる地《つち》の在り様を見て
地の上の世の奥の神を識れり
よって神に私達の愛を捧げれば
地《つち》を砕く悪を退けん
正しき言葉の目覚めの霊を我ら人が担わば
これミカエルの教えを受け給う

入る

私は言葉の術を担う
私の言葉は鏡として誰かの己を写す
〈言葉は私なり　私は言葉なり〉
私が語った言葉が私であるなら
誰かが私の言葉を語れば私がそこにいる
私はその時の誰かの己の守りとして立つ
私が皆の己の中に立てば
皆の言葉は鏡である私に出会う
〈言葉は私の鏡　私が言葉の鏡〉
それぞれの己の中で私は生きている

今の私の言葉を読んだあなたの中でも
私は今あなたの言葉となって立っている
〈あなたは今私の言葉の鏡　私が今あなたの言葉の鏡〉

魂の薔薇

薔薇の花が私の魂に咲く
真赤な血潮が通う紅の薔薇が
私の魂が今を生きる中で
これまで生きた罪の黒い十字架に寄せて
この先の命を照らすように
今という時を確かな時とするように
私の言葉がその花弁に息を送る
脈打つ血潮に霊を担わせ
私の命がこの世の運命に燃えて
紅が一弁ひとひらに淡く深く染まり

私が生きた証が地の上に残らん
今という時を貫く真赤な血潮の薔薇

「意志」と「石」

鏡の言葉　鏡の言葉
「石」と「意志」「意志」と「石」
「石」はこの世の物の言葉
「意志」はこの世とあの世の魂の言葉
この世の「意志」が物になると「石」
「石」の固さが魂に響くと「意志」
二つの言葉は表と裏
二つの言葉がひっくり返って戻ってくると
「石」は「意志」「意志」は「石」
二つの言葉はどちらも鏡

「石」と「意志」「意志」と「石」

鏡の言葉　鏡の言葉

それぞれの言葉

私の言葉　あなたの言葉　誰かの言葉
良い言葉　悪い言葉　どちらでもない言葉
言って良い言葉　言ってはいけない言葉　特別な言葉
神の言葉　悪魔の言葉　考える言葉
閃めく言葉　ときめく言葉　煌めく言葉
剣の言葉　盾の言葉　鎧の言葉
戦いの言葉　守りの言葉　流れの言葉
美しい言葉　醜い言葉　私達の言葉
怒りの言葉　悲しみの言葉　笑いの言葉
清らかな言葉　汚れの言葉　導く言葉

鏡の言葉　火の言葉　光の言葉
御使いの言葉　獣の言葉　人の言葉
今日の言葉　昨日の言葉　明日の言葉

靈宿さば

〈言葉は私の鏡　私は言葉の鏡〉
今私の言葉が皆の魂で響いている
それぞれの魂の中で火となった私の言葉が灯され
それは消えることなく燃え拡がり
皆の魂の中で言葉と己が写しあい　御使いを呼ぶ
〈言葉は私の火　私は言葉の火〉
言葉の中の己を識った魂は
御使いからこれまでの己の裁きを受け
新たな心でこの世と向きあう
それは悪の試みを退け

己の言葉が人の道を切り開いて進む
こうして御使いと出会った魂達は
ここに礎を感じ　炎の柱を立ち上げる
〈言葉は私の礎　私は言葉の礎〉
立ち昇った炎の柱は丸い屋根を築き
御使い達を宿す生きた魂の宮を建てる
魂の血潮が炎の中を巡り
宮は私達の魂にこの世の今を写す
〈言葉は私の霊　私は言葉の霊〉
霊となった言葉は私達の魂で常に響き
地の上の世の進みの舵を担い
私達は言葉を以って　人の世の進みの舵を切る

附録

附録一――転生に於ける十二感覚

ルドルフ・シュタイナー（ドイツの哲学者）によって発見をされた十二感覚は、五感である触覚、味覚、嗅覚、視覚、聴覚の他に七感があり、それらは熱感覚、平衡感覚、運動感覚、生命感覚、言語感覚、概念感覚、自我感覚という。

この十二感覚の働きはすべて外界からのアストラル体の印象を指し、これらの対象は――自我感覚が意識魂、概念感覚が悟性又は心情魂、言語感覚が感覚魂、生命感覚が第三元素、運動感覚が第二元素、平衡感覚が第一元素、聴覚が音響エーテル、視覚が光エーテル、熱感覚が熱エーテル、嗅覚が気体、味覚が液体、触覚が固体――に向けられている。そして十二感覚は、人間の本質に於ける人間の現発展段階の構成である肉体・エーテル体・アストラル体・自我と、魂の構成である思考・感情・意志の接点上で、能力の発揮をしている。

自我感覚は自我と思考、概念感覚は自我と感情、言語感覚は自我と意志、生命感覚はアストラル体と思考、運動感覚はアストラル体と感情、平衡感覚はアストラル体と意志、聴覚はエーテル体と思考、視覚はエーテル体と感情、熱感覚はエーテル体と意志、嗅覚は肉体と思考、味覚は肉体と感情、触覚は肉体と意志——の接点上に於いてその能力の進化を遂げている。

十二感覚を霊的に考察をすると、人間は輪廻転生によって十二感覚で培われた才能が次の転生に於いて移動を遂げる。人間の輪廻転生に於いて——思考が感情、感情が意志、意志が思考に、自我がアストラル体、アストラル体がエーテル体、エーテル体が肉体、肉体が自我にその才能が移動をするのと同じように、自我感覚が運動感覚、概念感覚が平衡感覚、言語感覚が生命感覚、生命感覚が視覚、運動感覚が熱感覚、平衡感覚が聴覚、聴覚が味覚、視覚が触覚、熱感覚が嗅覚、嗅覚が概念感覚、味覚が言語感覚、触覚が自我感覚——へと、これらの培われた才能が移動をする。

1　十二感覚

自我感覚	生命感覚	聴　覚	嗅　覚
概念感覚	運動感覚	視　覚	味　覚
言語感覚	平衡感覚	熱感覚	触　覚

2　十二感覚の対象

意　識　魂	第三元素	音響エーテル	気　体
悟性・心情魂	第二元素	光エーテル	液　体
感　覚　魂	第一元素	熱エーテル	固　体

3　線の交差点に於ける1と2の座

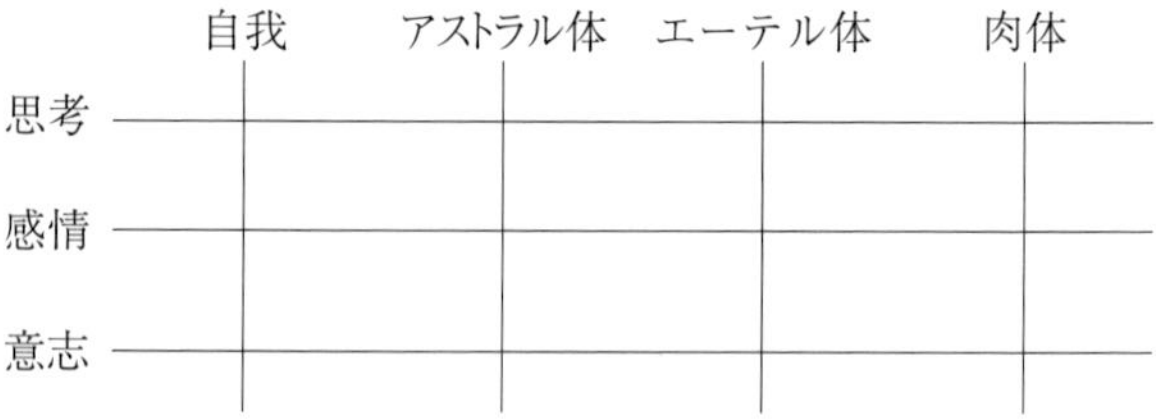

自我感覚＝自我 思考	生命感覚＝アストラル体 思考	聴覚＝エーテル体 思考	嗅覚＝肉体 思考
概念感覚＝自我 感情	運動感覚＝アストラル体 感情	視覚＝エーテル体 感情	味覚＝肉体 感情
言語感覚＝自我 意志	平衡感覚＝アストラル体 意志	熱感覚＝エーテル体 意志	触覚＝肉体 意志

附録二——日本の為に

言葉の神

大和魂には志があらば
言葉を貫くが　神を宿し給う
天を観らば一重耀く拡がりの
果てなく栄えるが　星ら彩る中
真中地《つち》に観らば　進む七つの星
そが真中を観ては瞬き担い給う
生命生むが力　木々に風が伝い
草花をも抜きて実る穂をば成せぬ
崩れゆく灰塵　空に浮かび舞えば
生命光り立ちて姿築き建てぬ

時と空を貫きてここに靈が乗れば
星の耀き似た人の姿立ちぬ
この間に生きる地《つち》の上の者ら
それぞれが進まん道を歩み進む

附録三——祈り

夜の祈り

クリスティ御名《みな》に於いて、誰《たれ》ぞ己を
人の世の進みに地の世の進みに導かれたり、
よって彼は我らを我らの行いからこれからの生まれ変わりに正さば、
我らは彼の行いを通じてながら御元にこの先の世の為に今という時の中に祈り給わば、
今日の我らの行いが良きとされたなれらが御導《おんみちびき》に礼を申し上げ、
今日なれらが良きを担えず終えたことに良きの中へと己を正し、
望むは地の上のすべての人々に幸いを、そしてなれが我らにこの地《つち》という星を
これまで通りいつまでも我らの命の星である御導を、
我らはなれら三つに祈り給わん。

はい、そうそれがあれ
アァメン

朝の祈り

クリスティ御名に於いて、誰ぞ我らを今の世の進みに導かれたり、
よって彼が我らをこれまでの生まれ変わりから
今日という日の今に生み出さらば、
これ我らをながが御元に祈らせ給うべく、我らは
なれらが内で地の上に目覚められたに礼を申し上げ、
正さばなれらが我らに幸いを施すが如く我らは己を幸いへと、
そして己を良きへと向け、
なれが我らにこの常盤の世を施すが如く
我らは己を今の中へと導かん。

はい、そうそれがあれ
アァメン

神から人は生まれた
クリストゥスの中に死す
霊に魂は目覚める

目次

I　言葉が私を写さば

起きろ　6
唯　7
絶対　9
鏡　11
青　13
星らは　15
夜　16
蝶　17
赤い薔薇　19
私の中で　20
法の中で　22
皆　23
いつまでも　24
己　25

雷　26
私達と神　28
命は尊い　29
なぜ　30
いつでも私　31
「あ」　32
「音」と「意味」　33

Ⅱ　クリストゥスに捧ぐ

魂の神　38
皆がそれぞれの中で　39
「私」から「私達」　40
僕に　41
秤　42
歩み　43
ながい御園に　45

クリストゥス　47
なが内に　49
礫の日　50
蘇り　51
クリストゥスの印　52
卍　―アウム―　54
薔薇の七つ星　56
ミカエル　58

Ⅲ　地という星の為に

我ら　62
我らの言葉は　64
愛さば　65
クリスティ星　66
使わさらば　68
今　69

道　70
血の言葉　72
人としての私　73
夜の星らの力　75
私達の未来の為に　77
青と赤い七つの薔薇　79
なが四っつ目の薔薇にて　81

Ⅳ　地の上で

心の中　84
祈りと私　86
守り　87
目覚む　89
青い炎　90
燃えらば　92
魂の鎧　94

青い火　96
命の一日　97
ここで　99
我らとこの世　100
クリストゥスの中で　101
言葉によって　102
亡くなった者達と　103
私の今日の言葉　104
ミカエルの元で　105
入る　106
魂の薔薇　108
「意志」と「石」　110
それぞれの言葉　112
靈宿さば　114

附録

附録一――転生に於ける十二感覚 118
附録二――日本の為に 121
附録三――祈り 123
夜の祈り 123
朝の祈り 124
あとがき 137

あとがき

私が尊敬をするドイツの哲学者ルドルフ・シュタイナー（1861〜1925）の哲学、その人智学の観点から詩を作り、それぞれの詩に直観的思考と道徳的創造を試みて制作に努めた。シュタイナーの視点である霊、魂、体を大切にし、言葉について考察をしながら日本人が大事にしている言葉の深みや重さを詩の世界で探求をし、美学で用いる空間と時間について詩にふさわしい表現をした。

現代の日本語の名動詞（名詞＋動詞）の使用による助詞の減少に伴う、日本語の古来からの創造力の低下と、日本語が外来語に依存をしすぎることによる硬化を憂い、その為に詩の作風として大和言葉を中心とし、名動詞を削った。

本書の「歩み」「我ら」「言葉の神（附録）」では、古代ギリシャの韻律であるヘクサーメーターを用いて、霊的事実を基に日本語で作った。これは日本初のヘクサーメーターといえよう。ヘクサーメーターとは、一音を長く延ばし、二音を短かく切った調子を三回くり返した後に、一回分を休みに入れたリズムを二回くり返すことをいい、すなわち「—

vv―vv―vv（―vv）×2」であり、古代ギリシャでは民族の叙事詩等はこの韻律で書かれた。

鏡の言葉、「『音』と『意味』」並びに「『意志』と『石』」は、言葉を発してその言葉の響きを後ろから前に戻した時の響きを、再び前から響かせる表現を詩に用いた。

例えば、「在る」の響きは後ろからの響きが「裏」となるように、作品にもこのような言葉を遣った。これも日本初の試みといえよう。

「卍」についてはまんじと読み、地図では寺社を表わしているが、元は太陽の印であるため、太陽の響きであるアウムを用い「卍―アウム―」とした。

内容からは反対意見があるかもしれないが、クリストゥスが元々太陽神であり、ヨハネの洗礼によって三年間、人として地上で生き、「十字架の死とその復活の神」という意義からその内容にした。因にナチスドイツの鉤十字はこれとは逆向きで、私は反ナチスの人生を歩む。

今私はシュタイナーが残した霊現在という言葉と向きあい、二十一世紀というシュタイナーが生きた百年後のこの世界で、地球環境破壊を目の当たりにし、地球への愛と地球の神・クリストゥスへの愛の必要性を感じ、詩人として初めての発表と共にこの現実に向きあわねばならないと思った。人類の進化は、この愛の中にあるのだと思って止まない。
この本の口絵を撮影していただいた齊木あゆ子氏と、出版に力を貸してくださった紘燈社の柏田幸子氏に、今、心からお礼を申し上げます。

二〇一八年　春　著者

著者略歴（菊池一喜　きくち　かずき）

1966年　横浜に生まれる。

1980年　中学二年の時、登校拒否になる。

1981年　転校をくり返す。

1982年　富士見中学校分校を卒業。ルドルフ・シュタイナーの思想と、その日本の第一人者高橋巖氏と出会う。

1983年　ドイツ・ボーデン湖畔自由ヴァルドルフ学校（シュタイナー学校）に留学。

1985年　同学校卒業。ドイツ・シュトゥットガルトのオイリュトメウムでオイリュトミーを学び始める。

1989年　オイリュトメウム卒業。同舞台グループ、現在のエルゼ・クリンク・アンサンブルに所属。エルゼ・クリンクに師事。現在の同指導者のミカエル・レーバーに師事。主に旧西ドイツ・スイス・イタリア・オランダ・旧東ドイツ・ロシアで公演活動を共にする。シュタイナー思想の中心地スイス・ドルナハのゲーテアヌムでも公演。

1992年　同三年修士課程を修了。帰国。舞台活動、講座、教育オイリュトミーに従事。オイリュトミーの作品のために日本語とドイツ語で詩を書き始める。ドイツの女流詩人エリカ・ベルトレに師事。

1998年　母との信仰上、仕事上のトラブルにより、オイリュトミーの道を示すためにオイリュトミーを辞職。詩作活動に専念。

現在　プラスティック工場で働きながら詩作活動、朗唱術の言語造型の稽古、自作の詩のドイツ語への翻訳活動に従事。

住所　横浜市泉区和泉町6226-4　〒245-0016

言葉の鏡

二〇一八年五月二八日発行
定　価――本体二〇〇〇円＋税

著　者――菊池　一喜

発行者――柏田　幸子
発行所――舷燈社
東京都豊島区千早一-二〇-一三　〒171-0044　電話〇三（三九五九）六九九四
振替〇〇一六〇-〇-一三六七六
印刷所――アクセス＋平河工業社
製本所――日進堂製本所
ISBN 978-4-87782-144-9　C0092